가인의 뜰

김용희 시집

가인의 뜰

여린 새벽이 푸른 여명을 열고
도시의 길을 따라 잔잔하게 밀려와
아련한 향수로 퍼질 때
장미가 피었습니다

맑은샘

|목|차|

: 나

— 성찰과 관조

: 너와 나

－ 관계와 나눔

: 그리고 우리

- 산문시, 세상 이야기

나

성찰과
관조

여름 한 날

여름 한 날이 텃밭에서 뒹굴고 있다
더운 바람 옷섶에 품고
그 어드메쯤 고향 강둑에
첨벙대던 여름 한 날이
잃었던 기억 붙들고 지금 여기 머뭇대고 있다

아주 먼 기억의 저편에서
징검다리를 건너
참새의 뒤꽁무니에 붙어
하늘거리는 나비 등을 타고
지금 다시 여기에서
어색한 듯 생경한 듯 서성대고 있다

바람 한 점
지친 가슴 내려놓고
식어져 가는 기억 붙들고
한낮의 햇살 아래 잠시 쉬고 있다

마트 다녀오는 길

그제 동산에 떠 있던 초승달이
어제 반달 되어 파출소 위에 얹혔더니
오늘은 꼭 찬 보름달 되어
아파트 빌딩 사이 무심히 걸렸다

벚꽃도 어느덧 바람처럼 지고
순백 목련도 흔적 없이 사라진 날
코끝으로 전해오는 향기 문득 돌아보니
아직 차마 머무르는 라일락 한그루
달빛에 젖는다

도시의 비

오늘 밤
비는 표정이 없다
천둥 번개도 광풍도 없다
속삭이지도 않는다
비어버린 밤을 비 되어 내린다

아침 햇살을 노래하던 새도
녹색 바람으로 일던 나뭇잎들도
빗길 차바퀴 소리에 지웠다

선물처럼 다가왔던 날들이
잊었던 전설을 떠올리다
묵묵히 빗소리에 젖는다

새벽 까치

지난여름의 기억들이
새벽을 넘는 가을 내음에
까마득하다

그러게 산다는 건
기다림이다
기다림의 끝이 무엇이든
그건 중요치 않다

새벽 까치가
한 뼘 차가워진 공기를
꼬꼭 꼬꼭
깨우고 있다

산 마루

하늘이 밝은 날
구름이 맑은 날
산길 코스모스에 햇살이 익는 날
홀로 핀 채송화에 바람이 머무는 날

도시를 껴안은 산 중턱
다시 기운 달이 내릴 언덕
가을이 가득가득 쌓이고 있는
산마루 언덕

구름길 바라보다
바람길 따라가다
산길 나그네 등에 가을 햇살 얹힌 날
잠자리 한 마리 하늘가로
머뭇머뭇 시간을 좇는다.

고향 추석

새벽하늘
오리 떼 꼬리를 물고
잃었던 기억 속으로 날았다

이른 강둑
해오라기 몇 마리
잊어버린 시간을 찾고 있었다

늦 햇살에 익은 밤
내밀한 푸른 시간을
갈색빛으로 토해내고 있었다

까마득한 거리 낯선 얼굴들
그 하늘에 차가운 달은
다시 떠오르고 있었다

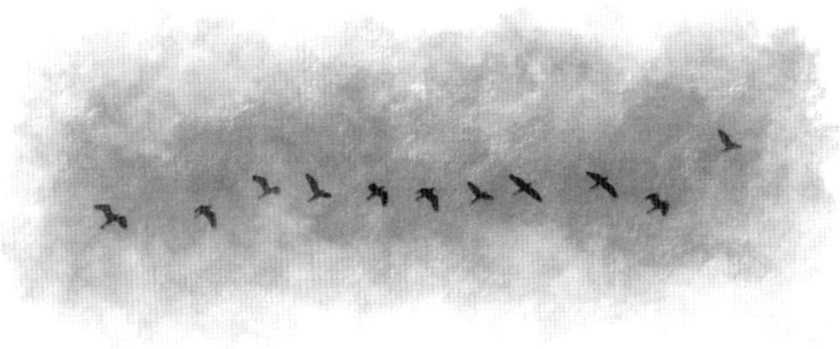

추석 달

노을이 물들다
지친 자리
하얀 전설 하나
걸린다

늙은 가슴으로
타던 자리
푸른 염원 하나
밝힌다

가을비

가을비가 온다

가을 속으로 비가 내리고
빗속에서 가을이 젖는다

추적대다 소곤대다
가을 시간이 비에 녹는다

가을이 비 되어
창틀에 흐른다

그 어드메쯤에서
가을이 빗물로 스며들었다

산책

들녘을 걸었다
노오란 물감 길로 걸었다

시간이 잠시 걸음을 멈추고
쉬고 있었다

황금빛 물결이 파란 구름 아래
햇살에 버무리고 있었다

강아지풀 마른 호숫가에
가을 논우렁이 한 마리
달빛 기러기 높이 날 하늘 아래
가만히 눈을 감고 있었다

산정호수 풍경

저녁 어스름
시려 오는 바람이 분다
짙어지는 갈잎 사이로
가을이 서성대는 들녘에
늦 햇살이 지고 있었다

아주 오랜 기억으로
희미하게 들려오던 하늘빛이
까마득한 날에 지고 있었다

수십 년을 훌쩍 넘은
설은 기억은
가을빛에 동화되지 못하고
방치되어 있었다

그곳 산정호수
생경하던 기억마저
국화꽃이 익을 때 스러지고 있었다

수락산 풍경

스치듯 지나친 인연처럼
가을이 갈색 햇살 속에서 멈칫댈 때

멈춰버린 시간 위를 타고
온기 남은 음악이 흘렀다

산을 오르면 낙엽 하나 뱅그르 떨어진다
거미줄 한 가닥 햇빛 속에 반짝인다

오랜 날 속에 시간을 먹고 자란 기억들이
가을 단풍 햇살에 녹고 있다

중심의 시간

가을이 저무는 들녘에는~
가을빛이 스러지는 산길에는
떠난 이의 남기고 간 체취 마냥
한 움큼의 바람이 지난다

바랜 단풍잎은
하얗게 벗어버린 겨울로 갈 열차표다

화려한 고독은 잠시만의 눈부심으로 지나도
지금은
농익은 계절이 머무는 그 중심의 시간이다

고향의 강

그곳에는 늘 강이 흐른다
수많은 얘기를 품고 강이 흐른다
어느 시절에는 꿈과 낭만으로
또 한 시절에는 설렘으로 흘렀었다
아련한 얘기들 안고
훌쩍 가버린 세월을 따라
고향의 강이 흐른다
가슴 속에 언제나 흐르던 강이
이제는 침묵 되어 흐른다

바람꽃

바람이 불었습니다
불고 또 불었습니다
늘 언제나 지금도
그 바람은 불고 또 붑니다
산다는 건 바람이었습니다

그곳에 꿈꾸는 이들이 모여
바람 앞에 등불을 걸었습니다
아득히 먼 곳으로부터 온
빛의 염원으로 등불은 걸렸습니다

적막함 위에 침묵이 겹쳐
낮과 밤이 엉킨 시간 위에도
불꽃은 빛으로 걸렸습니다

'난 알 수 없어요' 그러기에
바람의 시간들을 쓸어모아
위로에 머물지 않을
염원에 그치지 않을
그 자유를 향한 설렘을 등불 위에 얹습니다

등산길에서

걸리지도 잡히지도 않는
머물지도 떠나지도 않는
햇살 따라왔다가 노을 따라 떠나는
잎새 따라왔다가 꽃잎 따라 떠나는
자국 하나 흔적 한 조각
옷깃에 묻지 않는
시간이 흘렀다

새 하늘이 열리고
아득한 시간들에
까마득한 날들에
다시 붉은 해가 떠오른다
깊고도 멀게
향기 남지 않은 기억 섞어
미소 같은 해가
다시 떠오른다

겨울 산

시린 석양을 울어대는 산까치 소리에
산 찌르레기 귓속말 섞인다
지는 햇살에 마른 잎 서걱대면
겨울의 끝자락 산은 화음이 된다

도전과 낙담도 빈산에 들면
비어서 담아내는 충만의 시간이다

한 잔의 커피와
한 줄기 석양으로
봄꽃이 수락산 자락에 피어나면
그리움의 조각들도 잎으로 피어난다

마른 잎 하나
노을에 스친다

길 없는 길

길 없는 길을 간다
홀로 황야
길 없는 길 위에는
모양도 소리도
해가 지기도 전에 황혼이 되었다

길 없는 길
그 길에 들어선 후
돌아서지 못한 시간 길을 왔다

부드러운 갈대숲 길
시원한 강바람 길
여린 대나무 숲길
길은 더러 있었는데

이젠 가버린 시간 길
그 길 없는 길에 서 있다

커피야 너는

커피야 너는
언제나 가끔은 달려와
시리고 서러운 입맛 식혀주니

너의 향기 너의 미소 너의 손짓
동진 섣달 마주하면서도 그리워하며
깊은 골목길로 걷다가

어느 길모퉁이 찻집
도시의 여울목
깊은 잔향으로

잊혔듯 찾아오고
머물듯 떠나가는
그 바람 같은 그리움으로
또 시간 길 마주한다

겨울날

아침이 일어나 바다로 간다

찬 하늘에 맑은 햇살이 두텁다

시린 시간 위로 열차가 달려

인파 속으로 떠난다

긴 그림자 밟고 하루해가 진다

늙은이는 책을 보고 젊은이는 속삭인다

붐비는 빈 기억 속으로 시간이 묻힌다

오온개공 五蘊皆空

어둑해지는 산 중턱 전망대
묵직한 구름 아래 산이 젖는다
꼬마 새 한 마리 발밑에 기웃대다 가고
산비둘기는 어두워지는 도시 위를 난다

'색수상행식(色受想行識)'
모두가 허상이라지만
어디 사람이 그런가?
산 까치 울면 불현듯 서글퍼지고
된장국 하나면 니르바나(涅槃)에 이르는 걸

봄비 오는 산길
"이미 진달래 위로 내리는 빗소리 있으니
뭘 더 바라느냐?"고

그래도 어디 사람이 그런가?
미소 한 조각 있으면
삼매(三昧)가 되기도 하는걸

하루의 기억

잔 비가 내리는 짙은 하늘 아래
맑은 공기가 선명한 산빛을 그려대는 하루

마당에는 온갖 풀들이
생명이 다시 시작되는 봄날을 여리게 수놓고
보슬비 젖은 새소리 그 위로 입힌다

퇴비를 뿌려 밭을 일구고
상추 씨앗을 뿌리고 부추밭을 손질하고
쑥, 달래… 봄나물을 뜯는다

불붙은 석양의 사각 노을로
달래 된장국 내음이 번질 때쯤
별이 한껏 쏟아져 내리고 있었다

봄비

봄비가 온다
철딱서니도 주제도 모른 더위
지워버린 봄비가 온다

피신할 곳도 벗어날 곳도
회피할 수도 물리칠 수도 없던
숙명도 아닌 숙명으로 다가온
이른 더위 과한 햇볕 걷어내고
녹여주고 씻겨주고 지워주는
향기로운 봄비가 온다

아득히 먼 곳으로부터
지친 거리 찾아온 봄비에 젖어
오늘 하루가 쉬고 있다

고향의 강2

강이 흐른다

소먹이던 그 강둑
멱감던 그 강물
콩 서리하던 그 들녘

물레방아 있던 자리
논다랑이 굽이치던 자리
봄 여름 가을 겨울
지나고 지나던 그 자리
생명의 젖 줄 붙들고
해오라기 날갯짓 따라
오늘도 강이 흐른다

벚꽃이 핀다

벚꽃이 핀다
벚꽃이 진다
달빛에 물들던 그 밤의 기억
아득히 남은 임의 향기

수많은 밤은 지나
수없이 벚꽃은 피고 지고

오늘 밤 또
벚꽃이 핀다
벚꽃이 진다

장미 축제

오월 저녁
길섶에 놓인 바람이
소란스런 도시의 길 몫에 잠시 머물다

지는 해를 안고
잠시 끌러놓은 허리춤 같은 여유를
나눠마시다

주황 노랑 분홍 보라 백색의 정원
사람 반
장미 반
조명 반
서로 부딪히는 시간 사이로
밤이 꽃잎처럼 지고 있었다

유월의 저녁 풍경

산 까치와 찌르레기가
유월의 해거름을 난다
하루해가 지는 아쉬움을
하루해가 지는 감사함을
하루해가 짧은 안타까움을…

어제처럼 그제처럼
솔잎에 부는 바람으로
바위 위로 산 아래로
까마득한 하루가 진다

산 중턱 바위
살갗에 스치는 바람에
온갖 풀벌레 각 양의 산 새소리 섞어
어스름 저녁이
슬그머니 내린다

어느 한 시간들

자고 또 자도 밤이다
말똥거리는 의식
버티고 견뎌도 또 밤이다
비몽사몽 망상들
짓누르는 개꿈들
모질고 서러운 게 시간인가?

한 가닥 길은
거듭거듭 안갯속에 뿌옇고
솟대는 홀로 지친다

여명도 시들게 피는 시간
시간이 모질다

존재하는 사람

시비하거나
비난하거나
트집 잡거나
그런 누군가 있으면
그는 화나는 사람

무심하거나
본척만척하거나
투명인간 취급하거나
그런 누가 있으면
그는 서러운 사람

전화할 곳 있거나
돌봐줄 이웃 있거나
찾아갈 곳 있다면
그는 성공한 사람

그 누구도

그 무엇도 없다면

그는 다만

존재하는 사람

시를 쓴다

한 시인이 말했다
난 시를 쓴다
난 시도 쓴다
난 시나 쓴다

한 사람이 말했다
삶이 시 같은 사람은 시를 쓰지 않는다고

한 여인이 말했다
천억 자산도 연인의 싯귀 하나 못하다고

천억의 자산도
역사에 남은 시인도
결국
삶이 시가 된
삶을 시처럼 사는 이보다 못한가?

그래도 시는 카타르시스

기쁨 눈물 사랑 그리움

분노 증오 감격 감사

글을 넘은 글

그 화두가 있기에

시를 쓴다

시를 읽자

한 분이 시를 썼다
흐린 날의 기억
달빛 내린 밤의 추억
꽃잎이 지던 그 밤의 애수라고

또 한 분이 시를 썼다
흐린 날 당신은 무엇을 반추하냐고
달빛 내린 밤에는 쉬 잠이 드냐고
꽃잎 지던 밤 떠나보낸 이는
지금도 그리워지냐고

또 다른 한 분이 시를 썼다
날이 흐리다고
달빛이 내린다고
봄밤 꽃잎이 진다고

아무 수식도 없는
또 다른 한 분의 글이 좋았다

기다림

하지를 이틀 앞둔 날
새벽이 일찍 창 앞에 기다린다
한겨울은 밤이 14시간
한여름은 낮이 16시간
겨울에는 해가 그립고
여름에는 달빛이 친근하다
늘 부족한 것에 목말라 하는 것이
우리가 사는 일
그대는 무엇이 목마른가
사랑이? 젊음이?
여름 한낮이 겨울 긴 밤처럼 버티고 선 날
오늘 밤 또 창가에 서성댈
달빛을 기다린다

늙은 잠

"잠은 잘 자나요?"
그 말에 웃는다
누구나 만나면 해대는 공통 질문

어린 시절 그 많던 잠들이
지금은 다 어디로 새벽처럼 달아나고
이제는 남는 게 시간뿐인데
이젠 왜 홀로 버려둘까

시간이 부족할 땐
기어이 끈질기게 빚쟁이처럼 찾더니
하릴없고 외로워지니
그도 바람처럼 떠나버렸나

오늘은 무슨 일인지

초저녁부터 엎어질 듯 와서

잠시 까물쳐놓곤

밤 중 내 들락날락 안절부절 오락가락

넌 왜 그러니?

미세먼지 없는 날

이렇게 하늘이 맑은 날
이렇게 공기가 깨끗한 날
산 능선이 손에 잡힐 듯 다가서는 날에는

투명한 공기가 바짓가랑이 주머니 속까지
세척하듯 하는 날에는

구름이 산허리에 걸리고
잎들과 꽃들의 하늘대는 손짓과 속삭임이
유리잔처럼 맑게 들리는 날에는

백옥 모시 적삼 자색 치마 곱게 입은
맑고 푸른 그리움이
선 듯 불현듯 갑자기 어느덧
잔잔한 설렘을 안고
푸른 물결처럼 올 것만 같다

너와 나

관계와
나눔

가인의 뜰

아름다운 사람
가인(佳人)의 뜰에는
장미가 피었습니다
멀고 먼 길을 따라 여린 햇살을 타고 온
바람의 속삭임으로
장미가 피었습니다

여린 새벽이 푸른 여명을 열고
도시의 길을 따라 잔잔하게 밀려와
아련한 향수로 퍼질 때
장미가 피었습니다

길고도 먼 아득한 기억을 넘어
잊혔던 애기들 담아
여기 다시 풀꽃과 나무로
아련히 피었습니다

스치듯 지나치듯 그러다 바라보듯

머뭇대던 발길로

길섶에 묻은 기억들 모아

가인의 틀에는

장미가 피었습니다

길에서 만난 살폿한 햇살이

가로수 은행잎의 노란 그리움을 담아

엷게 물들었습니다

장맛비

한도 끝도 없이 여름비가 온다
머나먼 전설 엮어와 밤의 끝을 잡고
섧도록 침묵하며 장맛비가 온다
그리움 지우려 잔 비가 온다
씻어도 씻겨지지 않는
지워도 지워지지 않는 시간 길 자국 따라
여름비가 온다 긴 비가 온다
이제는 잊었다고 조용조용 비가 온다

잔잔한 미소 품고 장맛비가 온다
먼 기억 다독이며
추적추적 소곤소곤 밤비가 온다
농익은 시간 길 지나
지금 다시 여기에
잊었던 잃었던 설렘 안고 새벽 비가 온다

아름다운 사람

나직이 소리하는 빗소리보다
이른 새벽 뽀얗게 이는 물안개보다
여린 사람이 있다

바라보는 눈길은 그리움이 되고
함께 있는 시간은 순간이 되는
야린 사람이 있다

화를 눈물로 표현하는
분노를 슬픔으로 표현하는
원망을 아픔으로 표현하는
아린 사람이 있다

그런 사람을 만나고 싶다
그런 사람이 되고 싶다

아침 시간 풍경

간밤 한차례 비
아침 공기가 파랗다
빼꼼히 망보듯 연 창문
휴일 아침 까치 소리가
비집고 들어온다
시계는 새벽 5시에 막 도착하고
선풍기는 잃었던 뭔가를 찾느라
수년째 고개를 두리번거린다
시간을 버티는 돈나무에
수도꼭지를 맘껏 튼다
날개가 돋든 연이 돋든…

흘리고 온 시간
흘러 온 시간
아득한 길을 돌아
이 땅에 찾아온 한 계절이
기억 너머 포구에 머물다가
지평선 위에 구름을 좇는다

그러다 불현듯 뒤돌아

다시 식은 듯 피식 웃음 웃고

시계를 본다

한여름 지나면 곧 가을

귀뚜라미 달빛을 울면

또다시 덧입혀질 기억들

그리하여 우린 또

웃음을 기억합니다

멈춘 시곗바늘이 다시 돌고

쉬던 매미 소리 다시 흐르는

이 시간에…

7월의 기도

7월에는…
당신을 바라보게 하소서
따스하고 서늘한
고즈넉하고 평화로운
가녀린 풀잎처럼
이른 햇살에도 빛나는
청초롬한 새벽처럼 싱그러운
당신의 미소를 보게 하소서

얇은 기억들은 하늘로 날리고
피어서 강인한 들꽃처럼
7월의 중심에 서게 하소서

눈과 눈이 마주쳐
지고한 연민과 바램들이
하늘거리는 나비의 날개 등을 타고
축복처럼 내리는 시간

당신의 순한 눈길이

노을빛에 물들어

들풀들의 꿋꿋한 향기처럼

연한 숨결로 퍼질 때

여리고 순전한 기도를 모아

더 높은 꿈 꾸게 하시고

더 멀리 노래하게 하시고

더 깊게 사랑하게 하소서

아침 공기를 깨우는 까치 소리에

아름다워서 아름다운 것들로

가득하고 있습니다

존재하는 모든 것들이 사랑입니다

당신은 사랑입니다

그것은 그렇습니다

왜? 여태 몰랐을까

가끔은
뒤돌아보기도 해야 한다는 것을
가끔은
가만히 서 있기도 해야 한다는 것을
왜? 여태 몰랐을까

가끔은
여기가 어딘지 두리번거려야 된다는 걸
왜? 여태 몰랐을까

한 조각 봄 햇살이
봄을 온통 가져다 오는 것이 아니란 걸
담장 너머 울 밑에 피어있는 수선화 한 송이가
온통 봄은 아니란 걸
왜? 여태 몰랐을까

그 꽃 보여지는 것만으로도

그 봄 햇살 비춰지는 것만으로도

봄은 그리도 아름다울 수가 없다고

생각하면서 말입니다

봄날의 상흔

"널 만난 세상 더는 바램 없어
바램은 죄가 될 테니까"
바램이 죄가 될 수만 있다면…

눈 내리던 밤도
봄날 한 송이 꽃이 열림도
여름날 추적대던 빗줄기도
모두 오직 하나
행복은 사랑보다 높고 하늘보다 깊다

그리움이 스스로를 누르다
이슬방울 쏟아낸 흔적
그게 밤새
창밖에서 추적대던 비였음을

진달래의 진분홍은
죄가 될 그 바램을 안으로만 끌어안아
남겨진 상흔(傷痕)이었음을

빈 하늘

같은 곳을 바라보면
같은 꿈을 꾸면
마주 앉으면
빈 하늘이 보이지 않을 줄 알았다

그런데…
시선이 머무는 곳은
어깨너머 빈 하늘

초 여름밤
서늘한 바람만
가로등 불빛을 스친다

첫눈

인적도 없는 산 골 살포시 오롯이
달빛처럼 내렸다 전설처럼 내렸다
잊혀진 그리움 안고 침묵처럼 내렸다

불러도 대답 없는 떠난 님의 길을 따라
아직도 깨지 않은 산모퉁이 길을 따라
소리 없이 하염없이 하얀 눈이 내렸다

비에 젖은 편지

젖은 가로등 불빛 사이로
시린 바람이 지난다
허기진 공허를 붙들고 날이 저문다
단풍은 가을의 편지다
오늘은 빗물로 편지를 쓴다

화려한 고독이 비에 젖던 날
슬퍼서 아름다운 밤으로
한 줄기 서린 바람이 지난다

수제비

수십 년 동안 도시는 성장하고
세월은 쇠락해 갔다
흠뻑 내린 비로 솔잎 더 푸른 날 저녁
드디어 가고 온 가을바람이
걷어 올린 바짓가랑이를 스친다

두 노인네가 귀갓길을 걸으며
할배가 "저녁에는 수제비를 해먹자"고…
할매가 "점심에 고기 먹었으니 굶자"고
할배가 "그건 안된다"고

그러게~
산다는 건
땡초 감자 넣은 수제비로
가을 저녁을 먹는 것이다

두 개의 길

마주 보지 않는 연들은
이탈된 시간들은 붙들고
서로 엇갈려 달리고
길 밖의 길에서 주인이 되었다

벗지 못한 욕망은
그 무게에 눌려 허덕대고

비워낸 연들은
그 위에 새잎들은 돋우고 있었다

송년 모임

석양이 지는 여울목
인연들이 지나는 길목에
아름다운 미소들이 만나
스치는 시간들을 갈무리하고 있었다

온기 서린 맘으로 달려와
길고 짧은 기억 풀어놓고
한 해 끝자락에서 또다시 이어갈
새하얀 눈꽃 열매 짓고 있었다

종종걸음으로 내닫는 맘 길 따라
네온 가로등 빛들이 따르고
대학로의 싱그러운 밤은
여운 따라 깊어가고 있었다

겨울 산 풍경

저만치 도시의 수레바퀴 소리에
애린 산까치 소리가 섞인다
먼 산 아래 해 질 녘
개 짖는 소리 들려오고
마른 잎 하나
찬 바람에 파르르 떨린다
한 계절이 오가는 길목
서른 바람 소리 지난다

지난 웃음의 향기가
여린 목소리 묻은 식지 않은 기억이
겨울로 깊숙이 스민다
기억 사이로 어둠이 내린다

진달래

진달래가 피었다

거대한 무게로 눌러대는

산 같은 바위를 비집고 나와

빼곡히 얼굴을 내밀고

그리곤

그 바위를 감싼다

연분홍 얼굴에 웃음이 핀다

기대도 없던

바람결보다 부드러운
꿈길을 걸어
하늘거리며 축복으로 눈 내리듯
상상도 없던 봄이 왔다

아침 햇살에 물드는 목련으로
달빛 아래 흩날리는 벚꽃으로
산모퉁이 진달래의 연분홍 수줍음으로
부드럽고 감미로운 숨길을 따라 봄이 왔다

개울에 수천의 잔물결이 번지고
그 빛 하나하나가 은빛 날개를 달 때
그 빛을 타고 봄이 왔다

그립고 그립던 까마득한 옛 시절
그 어디메쯤에서 시작된 꿈이
적도에 내린 함박눈처럼
기대도 예상도 없이 봄이 왔다

퇴적되어 굳어버린 칙칙한 기억들이
봄비에 걷히고 씻겨간 화사한 날
부드러운 봄의 향기는 빗물이 되어
온 땅을 적시고 있었다

여운

온통 시공이 사라지고
온갖 퇴적된 미련들을
봄날의 정열로 씻는다

별이 쏟아지는 밤에 잠시 서성대다
잔잔한 호수처럼 살랑대다
강렬한 아침처럼 떠오른다

봄꽃의 설렘으로 와서
여름날의 빗물로 젖다가
가을날엔 그 빗물 속으로 녹아든다

눈 내리는 겨울밤엔
잔설(殘雪)이 바람에 날린다

봄의 여울목에서

꽃잎이 흐드러지게 흩날린 날

여운~

그건 또 긴 그림자로 남았다

산성의 추억

바람이 불었습니다
봄바람이 불었습니다
맑은 하늘 싱그런 햇살 사이로
산성의 골을 따라 바람이 불었습니다

한 땀 한 땀 쌓은 역사의 길을 지나
지난 한 세월을 넘어
그 길 위에 다시 봄이 오고
그 봄 길을 걸었습니다

개나리 진달래 산모퉁이 돌아
아득한 기억 저편에서
동심의 어깨동무 맞잡고
소나무 산길을 걸었습니다

붉은 석양과 은빛 벚꽃 가로수 사이로
산성에서 내려온 바람 따라
봄날의 여운이 흩날리고 있었습니다

웃음

찰나(刹那)의 인연으로 만나
순식간에 정든 이들이여

탄지(彈指)의 기억들을 딛고
여기 다시 아침을 웃음으로 여니
우린 억겁의 선연(善緣)이었나

눈부신 봄의 햇살로
짙은 녹음처럼
푸른 이들이여

가로수 길

길을 걸었습니다
가로수 길을 걸었습니다

먼 길 돌고 돌아와서
수많은 봄이 가고 또 간 연후에
다시
봄의 가로수 길을 걸었습니다

자목련의 여린 수줍음이
수려한 자색 향을 풍기는 날
길을 걸었습니다

봄날의 부드러운 햇볕이
벚꽃에 반사되는 날
길을 걸었습니다

솔바람 미소가

갓 피는 철쭉꽃에 퍼질 때

그 가로수 길에는

시간이 멈추고 있었습니다

사정상 하루

사정상 날이 밝았습니다
사정상 출근을 하고
사정상 어둠이 내립니다
사정상 퇴근을 합니다

가로수 하얀 꽃들이
지천으로 휘날리는 5월
비가 오던 그제는
봄이 다 가는 것 같았습니다

오늘은 초여름날의 오수로
아득한 한 날의 시간 위에
또 하루해가 긴 꼬리를 놓습니다

사정상 머뭇대던 시간이 되어
그 여린 날 일상의 것들이
5월의 녹색 향기 되어 스미듯 퍼집니다

당연한 것들이

'사정상'이란 말에 걸린 건

오로지 여린 버들잎 때문이었습니다

그 이름

눈물이 날까 봐
채 다섯 번을 부르지 못하는
이름이 있단다
그래서 일부러 외면하는 이름

따지지 않고 책망하지 않고
오직 늘
유일한 내 편이었던 분

그러나 이젠
부르지 못하는 이름
부를 수 없는 이름

꿈속 저편으로 기억 저편으로
시간 저편으로 사라진 이름
아니 절대 사라질 수 없는
영원히 남은 이름

아지랑이 피는 들녘에서

봄날 밭이랑 논두렁에서

부를 수 있을 때

불러야 하는 이름이 있다

그 이름

어머니 아버지~

저녁 식사

안타깝고 억울하고
허탈하고 낙심되고
분노하고 자책하고
어찌할 바를 모른다

글자는 늘 막힌다
그저 멍하니 하루를 보낸다

글을 쓰는 순간까지는
말을 하는 순간까지는
아직은 괜찮다
그 너머에는 침묵이 있을 뿐

맘의 허기를 밥으로 채운다는 말도
맞나 보다

이제는

큰 사랑이 자비가 은혜가

늘 함께하기를…

우리들에게

실패한 시도
놓쳐버린 시절
뒤처진 달음박질
외면당한 시간
소외된 눈길
회피된 시선
이용당한 사건
불평등한 사회
빼앗긴 들
짓눌린 욕망…

비록 그렇다 해도
창문으로 넘어오는 아침 공기
한가한 휴일 아침 새소리
아직도 남은 지난봄의 향기

사진 수백 장이

동영상 하나같지 않고

동영상 수백 개가

직접 나누는 눈빛보다 못하다

자세히 보면

우린 같이 이를 한 번도 만난 적 없다

시곗바늘 같아서

보이지 않아서 그렇지

내려앉은 세월을 지고

마주한 얼굴이 여물어간다

우리 부모

내 아들 내 딸이 되어줘서

감사한 그대들에게

아무 바램이 없어도

하루가 행복한

우리들에게…

선물 멸치 박스

초등 동창회장으로부터
멸치 한 박스가 배달왔다
'냉동보관 요망!'
납작한 청 멸치
한 개를 맛보고 또 맛보고

보내온 마음이
고향 어귀에서 피는 밀사리 내음 같다

아마도
십수 년 전 소 뒷다리를 통째로
선물 받은 후 오늘 또 3,124마리

한 우리에서 피어나
강낭콩처럼 흩어진 이들이여
시간의 파편 뒤로 모든 것 흘렀지만
고향 봇둑 빨래터 기억처럼
아직도 남은 온정

그 위에 다시 덧입히는

아련한 따사로움으로

오월 밤이 깊는다

45년 만의 만남

64세

고교 동창들

얼굴도 잘 기억 나지 않지만

이름은 기억된다

갈 곳 없는 이들 전원출석

그래도 막 불러대는 이름과

공유되는 과거는 동창이란 걸 확인하고

하릴없이 빈 술병만 쌓여간다

오월의 밤 허름한 삼합 집

막걸리 소주 2차로 맥주까지 하고

4시간을 앉아 과거 시간을 버무렸다

내려앉은 세월과

밀려난 시간만 남았다

그게 낫겠다

당구나 한게임

노래방 곡조나 한 자락

아들들

아들과 셋이서 당구를 친다

80, 120, 250

나, 작은 녀석, 큰 녀석

큰 녀석이 이긴 적 한 번도 없다

그래도 줄기차게 250

내기하면 5만 원

늘 작은 애 수상

과묵한 작은 애

쉴 새 없이 떠드는 큰 애

군대도 다녀오고 민방위에

이제 어른

나 살기도 힘드니

"이제 아비, 네 인생은 당신이 살라"고

하고 선

또 끝내 돌아보는 아이들

무심한 듯 여리거나

여린 듯 강직한 게 남자 넘들이던가

지갑 속 사진 우연히 본 날

참으로 아픈 가슴

어쩌나 그래도…

그리고
우리

산문시,
세상 이야기

카인의 뜰

가인의 뜰에는 욕망이란 이름의

나무가 자란다

징기스칸 나폴레옹 알렉산더 진시황

이승만 김일성 이성계

그리고 정복자들

실상사는 허상으로 지었다

하늘교회는 욕망으로 지었다

그렇게 살아남은 자들이 지었다

카인의 뜰에는 관념의

잡초가 자란다

가끔은 부드럽게 열매 맺는

꽃 나무도 있다

꽃이 되는 세상

스치듯 내몰듯
내몰듯 스치듯
연들이 흘렀습니다
그 인연들 먹고 열매가 맺었습니다

아롱아롱 빛들이 모입니다
다시 열매는 씨앗이 되고 꽃이 되고
파란 하늘을 향해
푸른 대지를 향해
영글고 피고 또 피고 영글고
초원을 덮을 것입니다

그리하여
그리하여
또 하나의
꽃이 되는 세상을 만들어 갈 것입니다

노통盧統 십 년

"반칙과 특권이 없는 사람 사는 세상"
상대 당과 싸운 것이 아니라
현실정치와 싸웠단다

무모한 도전으로
약자도 살만한 세상을 만들려다
꺾인 희망 꽃이 된 분

패기와 열정만으로는
한 마리의 제비로는
봄을 불러오지 못한다는
실험을 한 분

역사책을 읽다 말면 몰라도 다 읽으면
사람은 욕망할 뿐 선하기만 하지는 않다
사람이 착하고 순수하다는
스스로의 프레임에 갇혔나

꿈만 꾸면 유익이 없는 것이
꿈이 현실에 대항하기 시작하면
늘 부딪혀 거꾸러진다

정치란 모르긴 해도
플라톤을 지나 아리스토텔레스다

상대로 향하는 잣대는 늘
자신에게도 향한다는 것을
우린 가끔 잊고 산다
상대는 대상이기도 하지만
주체이기도 하다는 것을
그것이 하이데거의
'다—자—인(Existentia 현존재)'인 것을

꿈과 이상을 향해 가지만
그 자신 또한 본래 빈 그릇일 뿐인
채워야만 존재하는

사르트르의

'대자존재(対自存在, For itself)'인 것을

누구도 완벽하지 않다

누구도 이상적이지 않다

현충일의 비

비가 온다
이른 아침부터
잊혀진 전설처럼
비가 온다
아득히 먼 길고도 짧았던
기억을 넘어 새벽 비가 온다

부딪히는 역사를 넘어
일제시대 징용
육이오 피난
그 멀고 모진 시간을 지나
이 땅에 끝내 살아남은 들풀들처럼
현충일 지나 새벽 비가 온다

버리지 못하는 기억
탈출할 수 없었던 역사
곪고도 허기진 시대를 지나
또다시 길고도 짧은 계절이 흐른 뒤

새벽 비가 온다

무심하게 온다
말도 없이 온다
아비의 굽은 등처럼
이 땅의 기억을 잊은 듯
새벽 비가 온다

물끄러미 무심히
뜰 앞 나뭇잎들의 푸른 환영을 받으며
새벽 비가 온다

바람 분 날의 기억

외출을 해야는데

궂은 날은 비가 와서

맑은 날은 눈부셔서

겨울은 추워서

여름은 더워서

머뭇대다 그러다 삶이 다 갔다

그래도 외출을 한 이는

비 맞은 기억

눈부신 날의 경험

추워서 오들거린 추억

더워서 삐질 대던 시간들이 꿈같았다

혹자는 그리 묻는다

왜 그래야 하느냐고

다산(茶山)이 말했다

'왜'라고 묻지 말고

'어떻게'라고 물으라고

이미 태어난걸

이미 날이 밝은걸

이미 계절이 온걸

때문에 '어떻게'가 유익(有益)이라고

한 친구가 말했다

"그래서 난 외출을 했다"고

한 목사가 말한다

"그래서 얼마나 감사"하냐고

한 형제가 말한다

"그러니 매일 밥 잘 먹고 건강하라"고

한 노인은 또 소리 지른다

"왜 하루가 오고 지랄이냐"고

한 직장동료가 말한다

"난 영웅심이 없다"고

한 교수가 말한다

"그게 철학적 사회적 이유가 있다"고

...

그날에도

바람이 불었다

달이 떴다

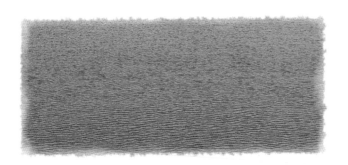

어디쯤 가고 있는가

난 더 이상 공부를 안 한다
왜냐하면
인생이란 거, 산다는 거
진리라는 거, 종교라는 거,
사람이란 거, 역사라는 거
다 알아버린 것 같아서

무~~지~~~
건방진 얘기라고?
건방진 것 안다
근데 다 안 것 같다
아는 내용이 뭐냐고?
그건
어차피 '알 수 없다는 것'
어쭙잖게 소크라테스 흉내 내며

그나마 안 것은 사람은
욕심과 거짓과 시기 분노 질투 탐심…

이런 것으로 가득 찼다는 것

사랑과 분노가 싸우면

분노가 이긴다는 것도

비겁한 기습공격이 한국사 세계사란 것도 안다

아니라고?

사랑이 이겼다고?

아니지 사랑이란 이름의 폭력이 이긴 것이지

사랑이란 이름의 다수가 이긴 것이지

그래서 세상은 더 이상

알 것이 없다

힘센 놈, 강한 놈, 머리 존 놈

약한 이들은 뭉쳐서라도 힘을 키워야

살아남는다

그래서 이젠 더 이상 공부를 안 한다

수많은 전쟁, 기근, 노역, 고독…

과거 일제하의 우리 민족

동일 민족에 대한 지배 족들의 횡포

여순, 제주 4·3, 보도연맹…

현재 고통 속의 북한 주민

힘센 놈, 강한 놈, 머리 존 놈들이 지배한

아픈 기억 붙들고

우린 지금 어디쯤 가고 있는가?

존재감

두 시간을 떠든다
내가 내가
난 잘했고 난 옳고
난 수고했고 정의롭고
선하고 강직하고 존경받고
나의 견해가 맞고 난 지혜롭고
나는 선택받았고…

넌, 쟨, 잘못됐고
비겁하고 얍삽하고 비굴하고
야욕 욕심 욕망
무정 무식 천박 야비 냉혹…

술집 찻집 길거리 차 안
어디든 자존적 존재들로 가득하다

조금 더 비겁한 이는

이를 돌려서 넌지시

우회적으로 설명하면서

근데 기실은

역사가 그렇고 세상이 그렇고

종교가 그랬다

난 안 그래!

그럴까?

나도 그렇다

효율적인 사람

홍보를 위해

1년 코스 주말 자격증반을 열었다

수강생모집 무료강의

50명 출발 연말 잔여 인원 7명

교수 강사들 엄청 고생

주관자는 년 중 고생

누구 행복하지도 누구에게 도움되지도 않았다

이것을 비효율이라 한다

자신이 직접 한 수고만 일이라 생각한다

기획이 잘못되면

결혼도 직장도… 모두가 불행해진다

잘못 간 길은 간 것만큼 손실이다

결국 산다는 건

방향과 선택의 문제

그런데

보통은 가는 것에만 관심 있고

가야 하는 이유

갈 길의 선택에는 큰 관심이 없다

운명에게 귀추를 넘긴다

그건 주인 잃은 노예의 삶

그렇다고 또 너무 얍삽하게 살면

결국 사회로부터 조직으로부터

외면받는다

조석으로 성실하며

작은 일에도 최선을 다할 때만

주변이 인정하고 나아가 기적은 실현된단다

그렇다 해도 히틀러 치하의

아이히만(Adolf Eichmann)처럼

과업의 목적과 가치를 외면하면

성실과 수고로서 세상에 파괴만 쌓는 것

때문에

효율적인 사람은

가야 할 이유부터 찾는다

목적을 사유하고

가치를 사유하고

수단을 사유하자

살만한 세상

사업 신청을 하려고 주제를 선정했다
'시따라 길따라'
전국을 선생 셋이서
시인과 시를 찾아다니는 과업이자 수업

이 사업 도우려
직원들이 점심도 거르고 합심 협심한다
시간 뺏긴 교수는 와서 보곤
밥도 못 먹었다니 김밥까지 사 왔다
어찌 살만한 세상 아니라고 말할 수 있을까?

살만한 세상은
내 것, 내 시간, 내 존심 찾는 것 아니고
네 것, 너의 존심, 너의 시간 존중해 주는 것

내 것 빼앗겼다고

버려졌다고 갖가지 분노 욕설…

드나나나 늘 그랬는데

살다 보니 살만한 세상일 때도 있구나

난 누굴 위해

살만한 세상 만들어 준 적이 있긴 한가?

세상살이

많다
자존의 늪을 먹고 사는 이들
건방지거나 치졸하거나
잔머리 끝판왕이거나
포장된 자기애(Narcissism) 이거나…

사람의 역량은
도전을 안 받는 것이 아니라
그것의 대처 방법
맞서면 같은 급
맘을 그대로 표현하면 유치급

세상살이는 아무리 피하려도
늘 분쟁과 투쟁
나뉘고 갈리고 돌아서서
급기야 서로 죽이고 공격한다

온갖 핑계 정당화

자신 입장에서는 늘상 진실이다

의식이든 가치든 권력이든

그게 세상

그래서 도피하여

침묵하거나 자연 벗하거나 한 것은

초연한 것 아니고 비겁한 회피

그래서 사는 게 어려운 것

안중근 의사도 이준 열사도

일본 순사 처형한 김구도

바로의 군인 공격한 모세도

프랑스 혁명도 영국혁명도

침묵하지 않았다

분쟁은 없을 수 없고

피할 수도 없다

무익하고 작은 도전은 포용하지만

가치와 정의와 생명이 걸리면
서정시 낭만시만 읊을 수는 없다

예술이란 이름 문학이란 이름으로
보신(保身)과 관념(Abstraction)에 사는 이들
그들은 비겁자다
나도 비겁자다

많이 안 것

사는 것요?
자유도 '구속도, 노력도' 운명도
보수도 '진보도, 여도' 야도
늘 공존합니다

삶이 그리 길지도 않고
내일이 항상 있는 것도 아니라고도 합니다
때문에 의도적으로 과감히
삶을 통째로 바꾸라고도 합니다
"한쪽 문이 닫히면 다른 쪽문이 열린다"고
그런데요 그리되려다
삶이 나락으로 떨어진 분들도 있지요

'운칠기삼(運七技三)'이란 것도 있지요
성실과 열정이 답이 아니라
운이 칠, 팔십 퍼센트라는 것요
근데 어쩌나요 운은 어찌 못하니
최선을 다하는 것 외에는
다른 선택도 없지요

그러니

비판보다는 긍정으로

(비난 그건 보통 자존감에서 시작하거든요)

타인의 자존적 욕구도 이해해 주며

늘 행복해야 한다는 생각도 버리고

불편하고 부족한 것도 수용하며

지족(知足)도 배우는 것

그리고

돈이 주인인 자본주의가

인간소외를 가져온 것만은 아니라는 것

그렇게 욕망 따라가는 것이

운명 같은 축복이라는 것

그것 알 때쯤이면

그렇기에

'사는 것은 부대끼는 것'이라는 것을

알 때쯤이면

많이 안 것이지요?

그렇지요?

백마고지

철원 백마고지

그 작은 고지 하나 뺏으려고

1만 7천의 우리 젊은이들이 희생

그곳은 무의미한 무덤

도대체 왜 그래야 했는가?

왜 그렇게 될 수밖에 없었는가?

홍경래 3천, 동학 우금치 2만

6·25전쟁 130만 희생

도대체 왜 그래야만 했는가?

동족 간에…

근세 초 식민지였던 국가들

지금은 모두 독립했는데

우린 식민지의 결과로

아직도 이 지경

지구에 남은 유일한 공산 사회주의

우린 이것밖에 안 되는가

독일은 전범 국가이면서도

동서독 벽 허물었는데

아직도 이러고 있고

지배권력 간에 칼자루 뺏기 놀이만 하는가?

감상 감성 서정 낭만

다 좋지만

그것도 생존권 이후의 향유

사유가 얕고 생각이 거칠고

자기 존재만 좇는 잘난(?) 이들이

그 결과를 이리 만든 건가?

그렇지만

전후에 가정 먼저 복구한 민족

국가경쟁력 세계 10위권

아직도 부족하고 늦은 것은

사유와 정신

문학과 예술과 음악과

역사와 정치와 사회와 교육과

이렇게 소프트웨어만 충족되면

우수한 유수한 역사의 민족

이은상 님의 시처럼

"고지가 바로 저긴데"

여기서 말 수는 없다

불확실성

인류에게 미래는 있는가?

온난화 엘니뇨 오존 파괴

해저 수천 미터에도

고래 뱃속에도

플라스틱

지구 처리능력 초과

2050 환경 난민 10억 명?

지구 더 이상 살기 어려워

미 경험의 인류시대

지능형 로봇 생체공학 바이오산업

이제 영생하는 인류도 탄생할 것이라는 데

그러면 뭐 하나

이리 절벽을 향해 질주하는데

지구 나이 자정 5분 전

무탄트(мутáнт)족은 이미

후손 생산 마감했다는데…

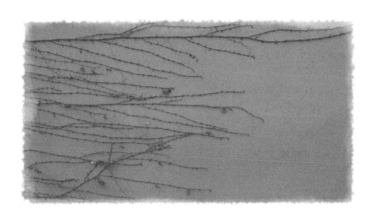

흔들리는 평화

세렝게티에선
하이에나가 사자로부터 새끼를 구하려고
자신을 던지더군요
사랑이란 것은
주고받는 소유의 문제가 아니라
존재적 문제라는 거지요

목적 지향적 사랑이라면
그것도 소유욕이긴 마찬가지겠지요

공자가 말하지요
소인은 이(利)에 밝고 군자는 의(義)에 밝다고
노자가 말합니다
그런 '헛소리' 그만하라고 그게 다 계산이라고

서양은 말합니다
사람은 '감정과 이해(利害)'의 동물이라고
동양은 '그것은 동물 수준'이라고 하지요

'현실'과 '꿈'의 차이겠지요

'보수'와 '진보'의 차이겠지요

원효는 화광동진(和光同塵)으로

화담은 기(氣)순환론으로

노자는 무위자연(無爲自然)으로

칸트는 이성 비판(Rational Criticism)으로

마르크스는 초월 경험(Peak Experience)으로…

근데 그게 어디 쉬운가요?

때문에

이익에도 밝고 욕망도 인정하고

그러나 버릴 줄도 취할 줄도 알아

소유하고 욕망하면서도 그것에 붙들리지는 않는

거래인 듯 거래 아닌

계산을 버린 계산으로

그리 살 순 없을지요

'흔들리는 평화' 말입니다

햇살이 비치십니다

사랑이 있다 한다

분노가 인다 한다

애착이 생긴다 한다

사랑이 없다 한다

분노도 없다 한다

애착도 없다 한다

그런데

이런 '있다' '없다'는

있음과 없음의 참 의미를 이해하지 못하는

인간의 것

'존재(To Be)'를 '소유(To Have)'로 해석하고

이해하고 있을 뿐

이란다

그러니 그냥

하늘이 맑으니

햇살이 비치십니다

그 무엇

동양 최고의 철학은 주역(周易)

그것은 이법(理法)과 도리(道理)

우주의 생성 작동의 근본 원리(原理)

그것을 서양 스토아(Stoics)철학 혹은 헬레니즘은

로고스(logos)라 하고

헤브라이즘은 '말씀'으로 푼다

구약 하나님의 이름은 '야훼(Yahweh)'이며

그 의미는 '알 수 없음'

따라서 설교는 '알 수 없는 것'을 설명하는 것

때문에 본질적으로는 어불성설(語不成說)이다

'야훼'는 존재적(Être) 이나 '언어'는 소유적(Avoir)이다

이를 노자는 '명가명 비상명(名可名 非常名)'으로

이름을 부르면 '이미 그 이름이 아니다'라고 전한다

성서의 '내 이름을 망령되이 부르지 말라'는 의미도

또한 동일하겠다

동양에서는 하늘은 검을 현(玄)이라 했고

이사야는 오실 이를

'기묘(奇妙)자''현묘(玄妙)자'라 했다

그 의미는 '어슴푸레하다'라는 의미로

결국 알 수 없다는 것

때문에 공자는 이런 문제를 언급을 회피하였고

불교에서는 이런 반야(般若)의 진리를

오온개공(五蘊皆空)으로 설명했으니

연기(緣起)에 의거 고정된 실체없이

끊임없이 변화한다는 것

이 또한 진리는

지성과 이성으로 알 수 있는 영역이

아니라는 의미겠다

동서고금을 이리 피상적으로 보아도

결국 궁극적 진리(Ultimate Truth)라는 것은

'알 수 없는 그 무엇'이라는 의미인데

따라서 뭘 안다고

뭘 설명한다고

너무 큰 소리 내지 맙시다

알고자 하는 그것은

사유(思惟)도 언어(言語)도 미치지 않는

그 너머에 있는

'그 무엇' 같으니.

허상 짓기

어느 회의에

아무런 대안 제시도 안 하면서

타인의 의견에 트집만 잡고 비방만 하는 이가

우리 "파괴적으로 살지 말자" 한다

자신의 삶은 엉터리 견(犬) 판이면서

세상을 고치려 드는 이

문제를 지적하고 울분과 삿대질을 하면서

사실은 자신이 바로 꼭 그 대상이 된 이

자신에게 적용해야 할 말들을 상대에게 설파한다

자신은 완벽한데 주변 모두가 문제란다

타인의 허점에서 자신의 정당성을 찾는 이들

상대의 오점에서 자신의 우월성을 드러내는 이들

자존적 추상적 관념과 은닉된 의도

이런 이들은

자아의 온전성 순수성 수월성 자존감…

아닌 듯 끝없이 주장한다

감춘 욕망 포장된 가치

종교지도자의 은폐된 자만감

식자연 층의 은닉된 자존감

조선 시대 왕은

손녀 같은 애들까지 부인 만들면서

과부는 재혼도 금지했다

그 왕 하늘처럼 받든

받들게 의식화한 정부

그게 세상

변호사와 검사는 같은 법조인

진리와 정의가 아니라

누구 편에서 보느냐의 문제일 뿐

돈이 목적인가 승소(勝訴)가 목적인가

가치와 진실은 이용되는 것일 뿐

그리하여

'시비는 무상실하여 구경총성공(是非 無相實 究竟 摠成空)'이라

옳고 틀린 것은 실체가 없단다

강대국은 핵 수백 발 가지고

제3국은 갖지 못하게 한다

힘만이 진실과 가치다

논리 가치 진실 정의는 강자의 것이다

이게 세상

대학교가 왜

고졸 출신은 강의를 못 하게 하느냐 하면

그렇게 되면 자신의 존재 이유를 부정하는 것이거든

자기 존재 확대 순환논리

그것이 세상

그래서 세상에 인문학 아닌 것이 없다

인간은 욕망하는 존재 그 이상도 이하도 아니다

김훈이 남한산성을 쓰고

나관중이 삼국지연의(三國志演義)를 썼다

사건이 일어난 지 수백 년 후에

꼭 현장에서 본 것처럼 녹음한 것처럼

그리고 사람들은 그대로 믿는다

픽션은 픽션일 뿐

다만 역사소설일 뿐

어떤 기록이든 그것을 절대적으로 믿는 것

그것은 또 다른 허상을 지을 수도 있는 일

종교란 것도 잘못 가면

글자나 믿으면서

자기를 버리는 것이 아니라

자아를 더욱 공고히 하는 작업을 할 뿐

세뇌와 은총은 다르다

적선(積善)도 부적선도 섬김도 우상도

어쩌면 모두 소유욕 모두 포장술

허상 짓기 놀이로 한 삶을 산다

때문에

심재좌망(心齋坐忘), 타타타(tathātā),

Let It Be

할 수만 있다면

허상을 걷어낼 수만 있다면…

시비의 이유

형제의 복을 가로채도

시부의 씨를 받아도

기생의 후손도

동생을 살해해도

아비 흉봤다고 종의 종으로 저주하는 아비도

부하를 전장으로 내몰고 그 임자를 뺏어도

'나와 합한 자가' 된다

야곱, 다말, 라합, 카인, 노아, 다윗…

악은 뭔가 우상?

신이란 이름의 지독한 이기주의

그게 유대의 진리?

그 은닉된 이기심을 체득하여

죽이고 훔치고 뺏고…를 배워

대형교회 목회자들도 대를 물려

교회를 자기 것으로 만드니

이러니 질문할 만하지 않나?

시비(是非) 걸 만하지 않나?

이리 말하면 파문 감이다 칸트처럼

생각도 하지 마라
이리 엉터리인데 왜 시비?

무시하지 외면하지
시비 걸다 보니
목숨 내어 준 그 사랑에 걸려서
그 시비 통과 못 해서

맞습니다

영국인 포르투갈인들이

메이플라워호 타고

청교도(Puritan, 淸敎徒) '깨끗한 교인'이란 이름으로

아메리카 원주민 인디언들 몰아내고

미국 본토를 자기 땅 만들었지요?

'총균쇠(Guns, Germs, and Steel)로

원주민 거의 90%를 몰살시켰다지요

지금의 세계사는요

인디언 시각으로 쓰이지 않았지요

그들의 한과 분노와 회한

이런 것 없지요

백인들은 아프리카에서 수천만 흑인 포획해다가

브라질 쿠바 등 사탕수수 농장 노예로 사용하고

재산처럼 사고팔았지요

그게 그리 오래된 얘기도 아니지요

스페인은 잉카제국(Inca Empire) 지구 상에서 사라지게 했고요

칭기즈칸(Chingiz Khan)은 몽골의 영원한 국부지요

그 폭력 군주 때문에 고려국 우리 선조가 당한

감당 못 할 고통을 아시나요

말(馬) 수천 필 처녀 수천 명

공물처럼 조공해야 했지요

영웅이라고 기록된 이들은

상대국에서는 학살 괴뢰 원흉이지요

어느 국회의원이

깨끗한 이미지로 포지셔닝(Positioning)하다

수천만 원 뇌물로 생을 마감하고요

대쪽 검사라고 하는 이도 결국 청탁을 했더군요

인간요? 별것 없거든요

완벽히 깨끗한 이가 어디 있나요?

다만 최소화하기 위한 노력이면 다행입니다

그런데도 뇌물 청탁 인정한 사회는 없었지요

그래서 그건 명분과 과정일 뿐

역사의 진리는 힘과 폭력이었습니다

우리 사회도 별반 다르지 않지요

경영이라는 것 경제라는 것

그것 알고 보면 아주 이기적 학문이지요

주식투자도 마찬가지 부동산투자도요

돈 놓고 돈 먹기요

사람 사는 세상 이야기는

힘이 주인인 역사일 뿐인데요

자꾸 그것 아닌 것처럼 의식화하는 것은

왜 그럴까요?

미국도 자유의 여신상을 내세우고

중국은 인민을

조선은 백성을 내세우고

모두 명분이고 거짓이지요

다 아는 뻔한 얘기라고요?

그러면 도덕과 양심

진리와 자유와 정의

이런 것 왜 학교에서 가르칠까요?

'그냥 힘(Power)이 주인이다' 그리 가르치면 되지요

그래서 노예교육이라고요?

공부 잘하는 이들은 기껏

월급쟁이 머슴밖에 안 된다고요?

그럴 지도요

착하게 살면 언젠가 복을 받을까요?

그런 역사 없습니다

그리 당하고만 살면

지구 상에서 사라지고 말지요

그래서 힘이 진리고 자유고 정의 맞습니다

그렇게 가르쳐야지요

자꾸 양심과 도리 의리 이런 것 가르치면

계속 속이는 것이 되거든요

'만인의 만인을 위한 투쟁'이

가장 정직한 세상 보는 눈요

그래서 계약을 하고 계약서를 쓰고

공권력이란 것을 합의해서 만들고

그게 세상이잖아요

착한 것 좋아하지 말고 강한 것 좋아해야지요

나약하게 키우지 말고 강인하게 키워야죠

물고 뜯고 끝장을 내더라도 지지말라

역사가 그것을 입증한다

그리고 특히

타인의 노예가 되지 말라 거래하라

그것이 미국식 서양식 깨어있는 지식이요

현실적인 지식요

내가 나의 주인 되는 방법은

그것밖에 없지요

중세 르네상스(Renaissance)를 가져온 것은

깨어 있는 지식과 지혜가 아니라 힘이었지요

산업(産業)자본 상업(商業)자본이

계몽사상가(啓蒙主義, Lumières)들을 뒷받침해서지요

신권(神權)이 무너져야

자본가들이 돈을 더 벌 수 있었으니까요

언제나 정의와 양심이 기준 아니었지요

오로지 힘이었습니다

우리의 근대 초는 어떤지요?

이승만이 한인사회 리더 되는 과정요

전쟁 중에도 정권 유지하려는 책략

여순 제주 사사오입 4·19혁명 5·16쿠데타

모두 힘과 저항의 역사지요

우리 민족 착해서

뒤집고 피 흘리지 않으려 했지만

영국 프랑스 수백만 피 흘리고 지금 선진국요

촛불은 피의 모습은 아니지요

인터넷 세상

이제 그래서 희망이 있겠다는 것이지요

공개되는 세상 열린 세상

조금 더 우리 스스로가 주인 되면

지금까지는 우리 백성 너무 순해서 그렇지

세상 바로 보고 세상 바로 읽고

회피하지 말고 눈감지 말고

끝까지 참여하면

우린 스스로도 주인 되고

세계사의 주인도 되겠지요

왜 그리 추정하냐고요

반도 끝에서도 중국에 먹히지 않은 나라

우리 말과 글을 가진 나라

전후 폐허에서 가장 급속히 일어선 나라

종교와 정신 그 소프트웨어(Software)가

항상 꽃을 피우는 나라

문화강국(文化强國, Cultural Power)

배 12척으로 국토 지켜 낸 나라

의병 활동이 가장 활발했던 나라

비록 반도의 허리가 잘렸어도

반도체 조선 등 맨땅에서 일어선 나라

맞지요?

그렇습니다

맞습니다

가인의 뜰

초판 1쇄 인쇄 2019년 08월 27일
초판 1쇄 발행 2019년 09월 02일
지은이 김용희

펴낸이 김양수
책임편집 이정은
편집·디자인 김하늘

펴낸곳 도서출판 맑은샘
출판등록 제2012-000035
주소 경기도 고양시 일산서구 중앙로 1456(주엽동) 서현프라자 604호
전화 031) 906-5006
팩스 031) 906-5079
홈페이지 www.booksam.kr
블로그 http://blog.naver.com/okbook1234
이메일 okbook1234@naver.com

ISBN 979-11-5778-394-6 (03800)